J. M. G. Le Clézio, Didier Daeninckx

RIFIFI EN BANLIEUE

Textes choisis et annotés
par
Heinz-Günter Böhne
et
Friedhold Schmidt

Ernst Klett Verlag
Stuttgart Düsseldorf Leipzig

J. M. G. Le Clézio, Didier Daeninckx

Rififi en banlieue

Herausgegeben von
Heinz-Günter Böhne, Köln
und Friedhold Schmidt, Thèze

Zur vorliegenden Textsammlung gibt es ein *Dossier pédagogique* mit Kopiervorlagen (Klettbuch 591604).

Gedruckt auf Recyclingpapier,
hergestellt aus 100% Altpapier.

1. Auflage A 1 4 3 2 | 2003 2002 2001

Alle Drucke dieser Auflage können im Unterricht nebeneinander benutzt werden, sie sind untereinander unverändert. Die letzte Zahl bezeichnet das Jahr dieses Druckes.

Internetadresse: http://www.klett-verlag.de

Umschlaggestaltung: Régis Titeca, Stuttgart
Umschlagbild: *Urban Jungle,* de Sébastien Loh, Boulogne
Druck: Gutmann + Co, 74388 Talheim.
Printed in Germany
ISBN 3-12-591603-8

Table des matières

En guise d'introduction

un petit mot de Jean-Pierre Rosencveig, président du tribunal pour enfants de Bobigny (tiré de l'avant-propos de La violence, carton rouge, *de Virginie Lou, Actes sud, Arles 1998) :*

Notre pays a sûrement plein de défauts, puisque nous passons notre temps à râler contre tout. Pourtant, dans la dernière partie du XXe siècle, nous avons acquis un bien inestimable : c'en est fini des guerres qui ravagèrent l'Europe occidentale. Cette sécurité étant acquise, on supporte moins bien d'autres violences quotidiennes comme l'insécurité frappant les biens et les personnes du fait de la délinquance. Ces violences sont insupportables dans une civilisation dite de la communication. Il n'est pas question que nous soyons tous d'accord sur tout, mais bien de veiller à ce que les oppositions, les conflits ou les contradictions se gèrent avec des règles du jeu convenues à l'avance, comme le dialogue ou le vote qui veut que la majorité l'emporte sur la minorité. Bref, avec la démocratie.

Les jeunes et les enfants sont l'objet des critiques les plus sévères : ils ne respectent rien, ils agressent verbalement, ils cassent et détériorent les matériels, surtout ils n'hésitent pas à violenter jeunes ou moins jeunes. De fait, nombre de jeunes sont dans la violence par manque d'autres modes de communication à leur disposition. De longue date, certains d'entre eux, faute d'avoir été protégés et rassurés par les adultes, ont appris à se défendre. Ils sont fréquemment entrés dans un autre monde : celui de la rue. Ils sont dans la toute-puissance de ceux qui n'attendent plus rien, ni des adultes ni d'une société qui les ont déçus pour les avoir privés de leur enfance.

On dit souvent qu'il faut rappeler la loi aux jeunes en n'hésitant pas à les sanctionner, mais commençons par leur rendre justice, car ces jeunes sont à vif. Car souvent leurs conditions de vie sont dures, tout simplement violentes. Il n'y a pas là une excuse, mais un élément de compréhension. C'est aux adultes d'engager le dialogue ; les enfants et les jeunes ne s'y tromperont pas si, derrière la fermeté et l'autorité, ils trouvent sincérité, cohérence et justice.

Bref, la violence n'est pas inéluctable ; il ne suffit pas de savoir la gérer, il faut la prévenir. Il n'y a ici qu'une piste à suivre : être juste, c'est-à-dire reconnaître chacun dans ses droits et ses devoirs.

J. M. G. Le Clézio

Ariane

Au bord du fleuve sec, il y a la cité des HLM. C'est une véritable cité en elle-même, avec des dizaines d'immeubles, grandes falaises de béton gris debout sur les esplanades de goudron, dans tout le paysage de collines de pierres, de routes, de ponts, avec le lit de galets poussiéreux du fleuve, et l'usine de crémation qui laisse flotter son nuage âcre et lourd au-dessus de la vallée. Ici, on est loin de la mer, loin de la ville, loin de la liberté, loin de l'air même, à cause de la fumée de l'usine de crémation, et loin des hommes, parce que c'est une cité qui ressemble à une ville désertée. Peut-être qu'il n'y a personne en vérité, personne dans ces grands immeubles gris aux milliers de fenêtres rectangulaires, personne dans ces cages d'escalier, dans ces ascenseurs, et personne encore dans ces grands parkings où sont arrêtées les autos ? Peut-être que ces fenêtres et ces portes sont murées, aveuglées, et que plus personne ne peut sortir de ces murs, de ces appartements, de ces caves ? Mais ceux qui vont et viennent entre les grandes murailles grises, hommes, femmes, enfants, chiens parfois, ne sont-ils pas comme des fantômes sans ombre, insaisissables, introuvables, aux yeux vides, perdus dans l'espace sans chaleur, et ils ne peuvent jamais se rencontrer, jamais se trouver, comme s'ils n'avaient pas de vrai nom.

De temps en temps passe une ombre, fuyante entre les murs blancs. On voit le ciel parfois, malgré la brume, malgré l'épais nuage qui descend de la cheminée de l'usine de crémation, à l'ouest. On voit des avions aussi, un instant échappés des nuées, traçant derrière leurs ailes étincelantes de longs filaments cotonneux.

Mais il n'y a pas d'oiseaux par ici, ni de mouches, ni de sauterelles. Parfois il y a une coccinelle égarée sur les grands parkings de ciment. Elle marche sur le sol, puis elle essaie d'échapper, volant lourdement vers les bacs à fleurs pleins de terre craquelée, où il y a un géranium brûlé.

2 **une falaise** Felsenwand - 3 **une esplanade** une grande place - **le goudron** Teer - 4 **un galet** une petite pierre ronde - 5 **âcre** bitter - 10 **rectangulaire** rechteckig - 11 **une cage d'escalier** Treppenhaus - 13 **aveugler** rendre *aveugle* (blind) - 20 **fuir** fliehen - 21 **la brume** Dunst - 23 **s'échapper de qc** fuir de qc- **une nuée** *litt* un gros nuage - 24 **étincelant,e** brillant - **un filament** un fil très mince - 25 **une mouche** Fliege - **une sauterelle** Heuschrecke - 26 **une coccinelle** Marienkäfer - 28 **un bac** *ici:* Kübel - **craquelé,e** rissig geworden -

Il y a des enfants aussi, parfois. Arrêtés devant la porte des immeubles, ils ont jeté leurs cartables par terre, et ils jouent, ils crient, ils se battent. Mais cela ne dure pas longtemps. Ils rentrent dans les alvéoles, entre les murs, et on entend les voix des téléviseurs qui grognent, qui ricanent, qui chantonnent. Ou bien, tout d'un coup, quand la nuit tombe, il y a le bruit déchirant des cyclomoteurs, et la troupe passe à toute vitesse en zigzaguant à travers les parkings, en tournant en rond autour des poteaux électriques. Dix, vingt motos peut-être, et tous les garçons portent des masques de plexiglas, des blousons de simili-cuir noir, des casques oranges ou tricolores. Le bruit de leurs engins se répercute sur les murs de ciment, rugit dans les couloirs, dans les souterrains, fait aboyer quelques chiens. Puis ils s'en vont, d'un seul coup, et on entend le bruit de leurs moteurs qui décroît, qui s'éteint entre d'autres murs, au fond d'autres boyaux souterrains.

Quelquefois ils vont au-delà de l'usine de crémation, vers le haut du vallon de l'Ariane, ou bien ils remontent les virages qui vont jusqu'au cimetière, ils grimpent le raidillon de la Lauvette. C'est un bruit étrange comme celui d'un troupeau de bêtes sauvages, qui crie et rugit dans la nuit, fait rouler des échos au fond des ravins obscurs. C'est un bruit qui fait naître la peur, parce qu'il vient de tous les côtés à la fois, incompréhensible, presque surnaturel.

La nuit, l'air froid souffle sur les immeubles et sur les parkings, comme sur des plateaux de pierres. Le ciel est noir, sans étoiles, sans lune, avec la lumière aveuglante des grands pylônes de fer qui fait ses plaques sur le goudron. Le jour, la lumière du soleil se réverbère sur les murs couleur de ciment, prisonnière des nuées lourdes, et le silence qui est à l'intérieur de cette lumière est sans fin. Il y a des reflets, il y a des ombres. Il y a des passages d'autos sur la grande route qui longe le fleuve, et, plus bas, sur l'autopont. Les moteurs vibrent et roulent sans cesse, entre les hautes falaises, camions des cimenteries, camions de bois, d'essence, de briques, camions de viandes ou de lait. Les autos vont vers les supermarchés, ou en reviennent, aveugles, comme si personne vraiment ne les conduisait.

2 **un cartable** Schultasche - 4 **un alvéole** une sorte de trou - **grogner** râler - 5 **ricaner** rire de façon ironique - **chantonner** chanter à mi-voix - 6 **un cyclomoteur** une mobylette - 8 **un poteau** (Strom)Mast - 10 **le simili-cuir** l'imitation du cuir - 11 **(se) répercuter** widerhallen - **rugir** crier très fort - 13 **décroître** devenir plus faible - 14 **s'éteindre** *ici: litt* mourir - **les boyaux** *m* Eingeweide; *ici:* Hohlräume - 17 **grimper** monter - **un raidillon** Steilhang - 19 **un ravin** Schlucht - 24 **un pylône** un poteau - 25 **une plaque** Platte - **se réverbérer** s. widerspiegeln - 27 **un reflet** Schimmer - 29 **longer qc** an etw. entlang führen -

Aujourd'hui, lundi de Pâques, la grande cité des HLM est encore plus vide, encore plus vaste. Le ciel est gris, il y a un vent froid qui souffle le long du fleuve sec, qui remonte entre les murs des digues, entre les hautes falaises des immeubles. La lumière blanche des nuages brille sur les fenêtres, jusqu'au seizième étage, elle fait des sortes d'éclairs qui bougent, des sortes de reflets. Il y a des ombres pâles sur les grands parkings vides.

Les hommes ne sont pas là, aujourd'hui, ils ont disparu. Il n'y a que les carcasses des voitures immobiles, pareilles à celles des grands cimetières de voitures, là-bas, un peu plus en amont du fleuve. C'est un jour pour elles, un jour de carcasses abandonnées, sans moteurs, sans portières, sans roues, phares crevés, glaces brisées, capots béants qui montrent le vide noir d'où les culasses ont été arrachées.

Dans les rues vides, il y a quelques enfants qui courent après un ballon blanc et noir, il y a quelques femmes qui sont arrêtées au bord du trottoir, et qui parlent. Parfois, il y a de la musique. Elle sort d'une fenêtre grande ouverte malgré le vent froid : une musique lourde, aux accents traînants, avec une drôle de voix aiguë qui chevrote interminablement, et les mains des hommes qui applaudissent en cadence. Pour qui chante cette voix ? Le silence, au-delà, est si grand, si long ! Le silence vient des montagnes rases, dont la courbe se perd dans les nuages, le silence vient des routes, du lit du fleuve sec, et, de l'autre côté, au loin, de la grande autoroute sur les piliers géants. C'est un silence âpre et froid, un silence crissant de poussière de ciment, épais comme la fumée sombre qui sort des cheminées de l'usine de crémation. C'est un silence d'au-delà des grondements des moteurs. En haut des collines, du côté du cimetière, il vit, ce silence, mêlé à l'odeur âcre de la fumée de l'usine de crémation, et il descend lourdement sur le fond de la vallée, sur les parkings des HLM, il va jusqu'au fond des caves sans lumière.

Ici marche Christine, le long des hauts immeubles, sans regarder, sans s'arrêter. Elle est grande et svelte, surtout avec son jean de velours noir et ses bottes courtes à talons très hauts. Elle porte aussi

3 **une digue** Damm, Deich - 6 **un éclair** Blitz - 7 **pâle** très clair, presque blanc - 9 **une carcasse** un squelette (Gerippe) - **pareil,le à** le/la même que - 10 **en amont** flussaufwärts - 12 **brisé,e** cassé - **le capot** Motorhaube - **béant,e** largement ouvert - 13 **une culasse** Zylinderkopf - **arraché,e** herausgerissen / zerrissen - 18 **aigu, aiguë** *ici:* haut et intense - **chevroter** parler d'une voix qui tremble (→ une chèvre) - 19 **en cadence** *f* im Takt - 21 **ras,e** plat; *ici:* sans arbres - 23 **un pilier** Pfeiler - 24 **âpre** désagréable - **crisser** knirschen - 26 **un grondement** un bruit fort et qui dure longtemps - 32 **svelte** mince - 33 **le velours** Samt -

une veste de plastique blanc sur un pull rayé rouge et blanc. Ses cheveux blonds sont noués en queue de cheval, et elle a des boucles en métal doré qui pincent les lobes de ses oreilles. Le vent froid balaie la rue sans fin, venu de la mer, là-bas, de l'autre côté des collines, et qui remonte la vallée du fleuve en soulevant des poussières. C'est encore un vent d'hiver, et Christine se serre dans sa veste de plastique, elle ferme le col avec sa main droite, tandis qu'elle enfonce sa main gauche dans la poche arrière du pantalon, sur sa fesse.

Il y a tant de silence qu'elle entend le bruit de ses talons résonner à travers tous les dédales des parkings, sur tous les murs des grands immeubles, et même jusqu'au fond des caves. Mais c'est peut-être le froid qui l'empêche d'entendre autre chose. Ses talons cognent sur le ciment du trottoir, en faisant un bruit métallique, dur, insistant, qui résonne beaucoup à l'intérieur de son corps, dans sa tête.

Tandis qu'elle marche, de temps en temps elle cherche à se voir, dans les vitres des camionnettes arrêtées, ou bien dans les rétroviseurs extérieurs des gros camions. Elle cherche à se voir, avec un peu d'anxiété, en penchant un peu la tête, les yeux plissés. Dans les petits miroirs convexes, comme au milieu d'une brume bleue, elle voit alors sa silhouette noire et blanche qui avance comme en dansant, longues jambes, longs bras, corps évasé aux hanches, et petit visage en tête d'épingle entouré par ses cheveux couleur d'or. Puis le visage grandit, grossit, jusqu'à se déformer un peu, long nez, yeux noirs écartés comme ceux d'un poisson, bouche couleur cerise qui sourit et montre ses dents très blanches. Autrefois, Christine aurait ri à chaque fois, devant son reflet déformé. Mais maintenant l'anxiété est trop forte, et elle cherche à refaire son vrai visage, son vrai corps, à partir de l'image grotesque, tout en fermant les yeux, lorsqu'elle a dépassé le miroir.

Elle ne sait pas pourquoi elle a tellement besoin de se voir. C'est au-dedans d'elle, cela poigne et fait mal presque, et quand elle a marché longtemps dans la rue sans rien trouver d'autre que son reflet gris dans les vitrines, ou son visage déformé dans les rétroviseurs des autos, elle cherche un miroir, un vrai miroir, n'importe où, dans une entrée d'immeuble, dans les toilettes d'un bar, devant un salon de

2 **noué,e** verknotet - **une boucle** (Ohr)Ring - 3 **doré,e** vergoldet (→ l'or) - **pincer** kneifen - **le lobe** (Ohr)Läppchen - **balayer** fegen -7 **le col** Kragen - **enfoncer qc** etw. tief (in etw.) hineinstecken - 9 **résonner** klingen, hallen (→ le son) - 10 **un dédale** un labyrinthe - 12 **cogner** frapper - 16 **un rétroviseur** Rückspiegel - 18 **l'anxiété** *f* la peur - **plissé,e** *ici:* zusammengekniffen - 19 **un miroir** Spiegel - 21 **évasé,e** *ici:* plus large - **la hanche** Hüfte - 22 **une épingle** Nadel - 23 **écarté,e** auseinander(gezogen); *ici:* auseinanderstehend - 30 **poigner** *litt* stechen -

coiffure. Elle va à lui, elle s'arrête, et elle se regarde longuement, avidement, sans bouger, preque sans respirer, ses yeux fixés dans les yeux de l'autre, jusqu'au vertige.

On ne voit pas le soleil à cause des nuages gris, mais Christine sent qu'il doit être tard. La nuit va venir maintenant, pas trop vite, en remontant le long de la vallée du fleuve avec le vent. Mais Christine ne veut pas rentrer chez elle. Chez elle, c'est l'appartement aux murs étroits tachés, avec l'odeur lourde de la cuisine qui l'écœure, avec le bruit du poste de télévision, avec les cris des voisins, avec les bruits de la vaisselle, les bruits qui résonnent dans les escaliers de ciment, la porte de l'ascenseur qui grince et cogne, d'étage en étage. Christine pense à son père aussi, à son père assis devant le poste de télévision, les joues mal rasées, les cheveux hirsutes ; elle pense à sa sœur cadette, à son visage pâle aux yeux cernés, à son regard sournois de petite fille de dix ans. Elle pense à elle si fort qu'elle fronce les sourcils et qu'elle murmure quelques mots, sans bien savoir quoi, une insulte peut-être, ou bien seulement, comme cela, « Va-t'en ! ». Elle pense aussi à sa mère, avec son visage fatigué, ses cheveux teints, ses membres et son ventre lourd, son silence lourd aussi, comme s'il y avait des tas de choses qui s'y étaient accumulées comme une mauvaise graisse.

Christine ne pense pas vraiment à tout cela, mais elle le perçoit, très vite, images, odeurs, sons qui se bousculent avec tellement de force et de précipitation que cela occulte un instant le paysage des grands parkings et des murs aux trois cents fenêtres identiques. Alors elle s'arrête, elle ferme les yeux, devant ce pays de trop grande blancheur, cette nappe de sel, de neige.

Le vent froid le reprend. Devant elle, en bas de l'immeuble géant, il y a le Milk Bar. C'est là que Christine aime bien aller, pour faire passer le temps, quand elle sort de l'école, avant de rentrer dans l'appartement étroit où il y a son père, sa mère silencieuse, et le regard sournois de sa sœur. Elle monte les marches gaiement, elle pousse la porte de verre, et elle sent avec plaisir l'odeur qu'elle aime, l'odeur de vanille, de café, de cigarette. Aujourd'hui, il n'y a personne dans le

1 **avide** gierig - 3 **un vertige** Schwindel - 8 **étroit,e** eng - **taché,e** plein de *taches* (Flecken) - 8 **écœurer** anwidern - 11 **grincer** quietschen - 13 **hirsutes** mal coiffés, en désordre - **cadet,te** plus jeune - 14 **cerné,e** umrandet - **sournois,e** hinterlistig - 15 **froncer** *ici:* hochziehen - **les sourcils** *m* Augenbrauen - 16 **murmurer** parler à voix basse - **une insulte** Beleidigung - 18 **teint,e** coloré - 20 **accumuler** anhäufen - 21 **la graisse** Fett - 22 **percevoir qc** wahrnehmen - 23 **bousculer** pousser brutalement - 24 **la précipitation** Hektik -**occulter** cacher - 27 **une nappe** (Tisch)Decke -

Milk Bar. Tout le monde est allé se promener en ville, au bord de la mer, ou bien en moto dans la montagne. Il n'y a que le patron du Milk Bar, un gros homme avec des lunettes, qui est assis derrière le comptoir et qui lit le journal. Il est penché sur le journal, et il lit chaque ligne avec tellement d'attention qu'il ne prête même pas garde à Christine quand elle entre, et qu'elle s'assoit près de la fenêtre à une table de matière plastique.

Qu'est-ce qu'il peut lire avec une pareille attention ? Mais Christine n'y pense même pas, ça lui est égal. Elle aime bien être assise là, les deux coudes sur la table de plastique, à regarder dehors, à travers la vitre.

Maintenant, la nuit est en train de tomber. Dans la rue vide, sous le ciel gris, l'ombre avance lentement, s'installe. De temps en temps, il y a quelqu'un qui passe, à pied, et qui regarde vers l'intérieur du Milk Bar, puis continue sa route. Christine voudrait bien savoir l'heure, mais elle n'ose pas la demander au patron qui continue à lire son journal mot par mot, comme s'il n'arrivait pas à comprendre ce qu'il lisait.

Et puis Cathie est passée devant le Milk Bar, et elle a reconnu Christine. Elle a fait de grands gestes, et elle est entrée en trombe dans le café, en parlant si fort que le patron s'est même réveillé. Cathie est plus grande et plus forte que Christine, avec un visage plein de taches de rousseur et des cheveux noirs frisés. Elle est plus âgée aussi, elle doit avoir seize ou dix-sept ans, mais Christine réussit à avoir l'air d'être du même âge, à cause de ses vêtements, des talons hauts, et du fard. Le patron du Milk Bar s'est levé de son tabouret et il est venu devant les jeunes filles :

« Qu'est-ce que vous prenez ? »

« Un café noir », dit Cathie.

« Et un crème pour moi », dit Christine.

Le patron les a regardées encore, attendant qu'elles disent autre chose. Puis il a grommelé :

« Bon, mais je vais fermer dans dix minutes. »

Cathie est toujours comme ça : elle parle trop, trop vite, en faisant trop de gestes, et ça saoule un peu Christine, surtout qu'elle n'a pas mangé depuis ce matin, et qu'elle a marché toute la journée dehors,

3 **le comptoir** Theke - 5 **prendre garde** faire attention - 20 **en trombe** très vite - 22 **fort,e** *ici:* gros - **une tache de rousseur** Sommersprosse - 23 **frisé,e** kraus, gelockt - 26 **le fard** le produit cosmétique que l'on met sur le visage - 30 **un (café) crème** un café au lait - 32 **grommeler** murmurer entre les dents - 35 **saouler** rendre *soûl* (betrunken) -

dans les rues vides, le long des places, au bord de la mer. Et puis Cathie dit du mal de tout le monde, c'est une véritable langue de vipère, et ça aussi, ça fait tourner la tête, comme un manège qui va trop vite.

Heureusement qu'il fait nuit dehors, maintenant. En dépit de son avertissement, le patron du Milk Bar ne semble pas avoir envie de fermer tout de suite. Il lit toujours son journal, mais avec moins d'attention, en relevant souvent la tête pour regarder les filles. Christine jette un coup d'œil de son côté, et elle surprend son regard brillant attaché sur elle. Elle rougit, et elle tourne la tête brusquement vers la vitre.

« Viens ! » dit-elle soudain à Cathie. « On s'en va ! »

Et sans attendre, elle paie le café-crème sur la table de plastique, et elle sort. Cathie la rejoint au bas de l'escalier.

« Qu'est-ce que tu as ? Tu veux rentrer ? »

« Non, rien », dit Christine. Mais maintenant qu'elle est dehors, elle se rend compte qu'il faut penser à nouveau à l'appartement au mur taché, à la télévision qui parle toute seule, au visage buté de son père, au corps fatigué de sa mère, au regard de sa sœur.

« Bon, allez, salut, moi je vais rentrer », dit Cathie. Elle a l'air de s'ennuyer tout à coup. Christine voudrait bien la retenir, elle fait un geste.

« Ecoute, est-ce que – »

Mais elle ne sait pas quoi dire. La nuit est froide, le vent souffle. Cathie relève le col de sa veste bleue, et elle fait un geste de la main, et elle s'en va en courant. Christine la regarde entrer dans l'immeuble en face, allumer la minuterie. Elle attend un instant devant une porte du rez-de-chaussée, puis la porte s'ouvre, se referme. Cathie a disparu.

Christine fait quelques pas dans la rue, jusqu'à l'angle du parking. Elle s'abrite contre le mur, dans une tache d'ombre. Le froid de la nuit la fait frissonner, après la chaleur parfumée du Milk Bar. Devant elle, le ciel gris est devenu rose et luminescent du côté de la ville, avec la barre lourde qui traîne encore au-dessus des cheminées de l'usine de crémation. Il n'y a pas de bruit, c'est-à-dire, pas de bruit signifiant. Seulement le grondement sourd des autos et des camions, là-bas, sur le pont de l'autoroute, et les bruits des hommes et des enfants dans les appartements, ou les voix nasillardes des postes de télévision.

3 **un manège** Karussel - 4 **en dépit de** malgré - 5 **un avertissement** *ici:* Ankündigung - 8 **surprendre** *ici:* ertappen - 9 **attaché,e à** *ici:* fixé sur - 13 **rejoindre qn** aller retrouver qn - 17 **buté,e** obstiné, têtu - 26 **une minuterie** Treppenhausbeleuchtung - 28 **un angle** *ici:* Straßenecke - 29 **s'abriter** Deckung, Schutz suchen - 30 **frissonner** trembler légèrement - 31 **luminescent,e** leuchtend - 34 **sourd,e** *ici:* dumpf - 36 **nasillard,e** näselnd -

Elle ne veut pas rentrer chez ses parents, pas encore. Elle veut rester là, immobile, le dos appuyé contre le mur froid, à regarder la nuit, le ciel gris et vague, les grands murs blancs où les centaines de fenêtres sont éclairées. Et les autos immobiles dans le parking, sous les taches des réverbères, les camions arrêtés dans la rue, les lumières de la ville qui s'allument comme des étoiles ternes. Elle veut écouter les bruits confus de la vie dans les appartements, les écouter tous à la fois, et sentir le froid de la nuit. Elle reste longtemps comme cela, immobile contre le mur, jusqu'à ce que le froid ankylose ses jambes, ses bras, ses épaules. Les gouttes d'humidité luisent sur sa veste de plastique blanc, sur ses bottes.

Alors elle recommence à marcher, dans les rues vides, en faisant le tour des blocs d'immeubles. Elle ne sait pas trop où elle va. D'abord vers le bâtiment de l'école, puis elle traverse le petit jardin d'enfants en contrebas de la route, et elle remonte les ruelles où il y a les petites maisons délabrées dans leurs jardins pelés. Elle fait aboyer les roquets contre les grilles, et il y a des chats noirs qui courent sous les voitures arrêtées, devant elle.

Quand elle retrouve les blocs des immeubles, pareils à des géants debout au milieu des terrains et des parkings, elle sent de nouveau la lumière froide et humide des réverbères, et ça la fait frissonner.

Alors le bruit des motocyclettes vient très vite vers elle. Elle l'entend éclater entre les immeubles, sans savoir d'où il vient exactement. Où aller ? Christine voudrait se cacher, parce qu'elle est debout au milieu de la grand rue, et que la lumière des réverbères l'éclaire brutalement. Elle se met à courir vers l'immeuble le plus proche, et elle se plaque le dos au mur à l'instant où le groupe des motards passe à toute allure dans la rue. Ils sont six ou sept, masqués par leurs casques, vêtus de vinyle noir, avec des motos Trial pleines de boue. Christine les regarde tourner au carrefour, elle écoute le bruit des moteurs qui s'éloigne, qui s'éteint.

Tout à coup, elle sent la peur. Elle ne sait pas bien de quoi elle a peur, mais c'est là, en elle, comme un frisson, et aussi autour d'elle, dans le silence des grandes rues vides, des immeubles géants aux centaines, aux milliers de fenêtres, dans la lumière des réverbères, dans le

5 **un réverbère** Straßenlatene - 6 **terne** ≠ brillant - 9 **ankyloser** (les jambes ou les bras) les rendre raides - 10 **l'humidité** *f* → *humide* (feucht) - **luire** briller - 15 **en contrebas** situé à un niveau inférieur - 16 **délabré,e** en mauvais état, en ruine - **pelé,e** *ici:* sec, sans végétation - **un roquet** un petit chien qui aboie beaucoup - 17 **une grille** Gitter - 27 **se plaquer** sich platt drücken - 28 **l'allure** *f, ici*: la vitesse - 29 **la boue** Schlamm, Matsch -

vent froid qui remonte le long de la vallée en portant l'odeur âcre des fumées et la rumeur de l'autoroute. C'est une peur étrange, imprécise, qui serre la gorge de Christine et mouille de sueur son dos et ses paumes, malgré le froid.

Elle marche vite maintenant, en essayant de ne penser à rien. Pourtant, soudain, elle se souvient du regard aigu du patron du Milk Bar, et son cœur se met à battre plus vite, comme si elle sentait encore ce regard sur elle, en train de l'épier, dans l'ombre. Peut-être est-il là, vraiment. Elle se souvient qu'il allait fermer sa boutique, et il l'a regardée après qu'elle est sortie du Milk Bar, quand elle était debout dans la rue.

Et tout d'un coup, à nouveau, les motards sont là. Cette fois, elle ne les a pas entendu venir, ils sont arrivés en même temps que le bruit de leurs motos. Peut-être qu'ils sont venus à petite vitesse, en tournant et en zigzaguant à l'intérieur du parking de l'immeuble, en se faufilant entre les autos arrêtées, pour la surprendre.

Maintenant, Christine est immobile dans le parking, sous la lumière jaune du réverbère qui brille sur ses cheveux blonds, sur sa veste de plastique blanc et sur ses bottes, tandis que les motos tournent lentement autour d'elle. Les motards ont leurs visages masqués par la visière de leurs casques, et aucun d'eux ne semble la regarder, mais simplement ils tournent autour d'elle, en donnant de petits coups d'accélérateur qui font tressauter leurs motos, et bouger la lumière de leurs phares et de leurs feux rouges. A mesure qu'ils tournent, ils rétrécissent leur cercle, et maintenant, ils passent si près d'elle qu'elle peut sentir le souffle chaud des pots d'échappement. Christine reste figée sur place, le cœur battant, les jambes toutes faibles. Elle regarde autour d'elle, vers les grands immeubles, mais les murs sont si hauts, et il y a tellement de fenêtres éclairées, et sur le grand parking, il y a tellement d'autos arrêtées, aux carrosseries pleines de reflets ! Le bruit lent et profond des motos qui tournent fait vibrer le sol, fait vibrer tout son corps, emplit sa tête. Elle sent ses jambes trembler sous elle, et une sorte de vertige s'empare d'elle. Alors, soudain, avec un cri, elle s'élance en avant et elle se met à courir aussi vite qu'elle peut, droit devant elle, à travers le parking.

3 **mouiller** rendre humide - **la sueur** Schweiß - 4 **la paume** l'intérieur de la main - 8 **épier** observer attentivement et secrètement - 15 **se faufiler (entre)** passer - 23 **l'accélérateur** *m* Gaspedal /-hebel - **tressauter** être secoué - 24 **à mesure que ...** je mehr ... - 25 **rétrécir** rendre plus étroit - 26 **un pot d'échappement** Auspuff(topf) - 27 **figé,e** immobile - 33 **s'emparer de** Besitz ergreifen von; *ici:* jdn übermannen - 34 **s'élancer** se jeter brusquement en avant -

Mais les motos sont toujours derrière elle, puis tournent autour des autos arrêtées, et reviennent vers elle, en l'aveuglant avec leurs phares, en donnant des coups d'accélérateur qui font retentir les rugissements des moteurs.

Christine ne s'arrête pas. Elle traverse un parking puis elle court le long des grandes avenues, elle longe les murs des immeubles, elle traverse les terre-pleins couverts d'herbe rase. Elle court si vite qu'elle ne peut presque plus respirer, et que le vent froid fait couler des larmes sur ses joues.

A force de courir, elle ne sait plus où elle est, elle ne voit autour d'elle, à perte de vue, que les grandes murailles blanches des immeubles tous pareils, les centaines, les milliers de fenêtres identiques, les parkings qui s'ouvrent, avec leurs autos arrêtées, les rues éclairées par les réverbères orange, les terre-pleins d'herbe sale. Puis, comme ils sont venus, les motards ont disparu. A nouveau, le silence lourd, le froid, le vide s'emparent de la cité des HLM et Christine peut entendre à nouveau la rumeur lointaine des autos qui roulent là-bas, sur le grand pont qui traverse le fleuve.

Elle voit où elle est. Sans savoir comment, ses jambes en courant l'ont conduite jusque devant l'immeuble où elle habite. Elle lève les yeux, elle cherche les fenêtres de l'appartement où il y a son père, sa mère et sa petite sœur. Il y a déjà cinq mois qu'ils habitent là, mais elle doit toujours regarder aussi longtemps avant de reconnaître les trois fenêtres, à côté de celles où il y a des pots de géraniums. Les deux fenêtres de la grande chambre sont éclairées, parce que c'est là que son père est assis dans son fauteuil, en train de regarder la télévision en mangeant. Maintenant, Christine est bien fatiguée, et elle est presque contente à l'idée de rentrer dans l'appartement étroit, de sentir l'odeur lourde de la nourriture, d'entendre la voix nasillarde du poste de télévision.

Elle monte les marches de l'escalier, elle pousse la porte d'entrée de l'immeuble, elle met la main sur le bouton de la minuterie. Alors elle les voit. Ils sont là qui l'attendent, tous, avec leurs blousons de vinyle noir et leurs casques aux visières rabattues qui luisent dans la lumière de l'escalier.

Elle ne peut pas crier, parce que quelque chose se bloque dans sa gorge, et ses jambes ne peuvent plus bouger. Ils se sont approchés.

3 **retentir** se faire entendre avec force - 7 **un terre-plein** Grünstreifen - **ras,e** *ici:* coupé très court - 10 **à force de courir** comme elle a tellement couru - 11 **à perte de vue** aussi loin qu'on peut voir - 32 **un bouton** Knopf - 34 **rabattu,e** baissé -

L'un d'eux, un grand qui a un blouson d'aviateur, et un casque orange avec une visière en plexiglas fumé, s'approche tout près d'elle, il la prend par le bras. Elle cherche à se dégager, elle ouvre la bouche, elle va crier. Alors il la frappe, de toutes ses forces, avec son poing, dans le ventre, là où le corps se plie en deux, et la respiration s'arrête. Ils l'entraînent vers la porte qui est à côté de l'ascenseur, et ils descendent l'escalier de ciment qui résonne. On entend les bruits des téléviseurs au rez-de-chaussée, les bruits de la vaisselle, les cris des enfants. Sous terre, la lumière est grise, elle vient de deux ou trois ampoules au milieu des tuyaux et des conduits d'égout. Les motards avancent vite, ils tirent le corps de Christine, ils la portent presque. Ils ne disent rien.

Ils ouvrent une porte. C'est une cave, à peine quatre ou cinq mètres carrés, du ciment gris, des caisses, et par terre, il y a un vieux matelas. Ils jettent Christine par terre, et l'un des motards allume une bougie, au fond de la cave, en équilibre sur une vieille assiette. La cave est si petite, qu'ils sont debout les uns contre les autres. Dehors, la lumière de la minuterie s'éteint, et il n'y a plus que la lueur de la bougie qui vacille. Christine reprend son souffle. Les larmes coulent sur ses joues, barbouillent le rimmel et le fond de teint. Elle claque des dents.

« Déshabille-toi. »

La voix du grand a résonné dans la cave étroite, une voix dure et rauque que Christine ne connaît pas. Comme elle ne bouge pas, il se penche sur elle, et il tire sur sa veste, déchire le col. Alors Christine a peur, et elle pense à ses habits qui vont être déchirés. Elle enlève sa veste, la pose par terre. Elle va à l'autre bout de la cave, tout près de la bougie, et elle ôte son tricot rayé, elle défait la fermeture des bottes, elle fait glisser son pantalon, puis son slip et son soutien-gorge. Elle grelotte nue dans le froid de la cave, l'air efflanquée et maigrichonne, ses dents claquent si fort qu'elle sait qu'elle ne pourrait même pas crier ; elle pleure un peu, en geignant, et les larmes continuent à souiller ses joues de rimmel et de fard.

Puis le garçon s'approche d'elle, il défait sa ceinture. Il la pousse sur le matelas et s'étend sur elle, sans ôter son casque. Les autres

2 **fumé,e** dunkel gefärbt - 10 **une ampoule** Glühbirne - **un tuyau** Rohr, Leitung - **un conduit d'égout** Abflußrohr - 16 **une bougie** Kerze - 18 **une lueur** une faible lumière - 19 **vaciller** *ici:* trembler - 20 **barbouiller** schmieren - **le rimmel** Wimperntusche - **le fond de teint** Make-up - 24 **rauque** rau, heiser - 30 **grelotter** trembler (de froid ou de peur) - **efflanqué,e** grand et maigre - **maigrichon,ne** maigre, trop mince - 32 **geindre** se plaindre d'une voix faible - 33 **souiller** salir -

s'approchent et elle voit leurs visages penchés sur elle, elle sent leur haleine sur sa peau. Interminablement, l'un après l'autre, ils l'ouvrent, ils la déchirent, et la douleur est si grande qu'elle ne sent plus la peur ni le froid, mais seulement le vertige qui se creuse en elle, qui l'écrase plus loin que son ventre, plus bas, comme si le matelas mouillé tombait au fond d'un puits glacé et noir brisant ses reins. Cela dure si longtemps qu'elle ne sait plus ce qui s'est passé. Chaque fois qu'un garçon entre en elle, en forçant, la douleur grandit dans son corps et l'entraîne au fond du puits. Les mains écrasent ses poignets contre le sol, écartent ses jambes. Les bouches s'appliquent sur sa bouche, mordent ses seins, étouffent sa respiration.

Puis la bougie tremble un peu plus et se noie dans sa cire. Alors tout s'arrête. Il y a un silence, et le froid est si terrible que Christine se roule en boule sur le matelas, elle s'évanouit.

Quand la lumière électrique revient, elle voit la porte de la cave ouverte, et les motards sont debout dans le couloir. Elle sait que c'est fini. Elle se lève, elle s'habille, elle sort de la cave en titubant. Son ventre brûle et saigne, ses lèvres sont gonflées, tuméfiées. Les larmes ont séché sur ses joues avec le rimmel et le fard.

Ils la poussent devant eux dans l'escalier de ciment. Dans l'entrée, seul reste le grand, avec son casque et son blouson d'aviateur. Avant de s'en aller, il se penche sur Christine, sa main se pose sur son cou.

« Salaud ! » dit Christine, et sa voix tremble de rage et de peur. Mais lui fait peser sa main sur son épaule.

« Si tu parles, on te tue. »

Christine s'assoit dehors, sur les marches de l'escalier. Elle reste longtemps là, sans bouger, pour que le froid la rende insensible, pour que le noir de la nuit l'enveloppe et calme la douleur de son ventre et les meurtrissures de ses lèvres. Puis elle cherche, dans le parking, une voiture arrêtée avec un grand rétroviseur extérieur, et lentement, avec une application de petite fille, elle essuie le rimmel des ses yeux, et elle étale le fond de teint de des joues bleuies.

2 **l'haleine** *f ici:* le souffle, la respiration - 3 **la douleur** le mal (Schmerz) - 4 **écraser** niederdrücken - 6 **les reins** *m* Rücken, Kreuz - 9 **un poignet** Handgelenk - 10 **s'appliquer** *ici:* se poser - **mordre** beißen - 11 **les seins** *m* Brüste - 12 **la cire** Wachs - 14 **une boule** Kugel - **s'évanouir** perdre connaissance (in Ohnmacht fallen) - 17 **tituber** taumeln -18 **saigner** perdre du *sang* (Blut) - **gonflé,e**, **tuméfié,e** geschwollen - 23 **un salaud** *pop* Dreckskerl, „Schwein" - **la rage** une forte colère - 27 **insensible** qui ne sent rien - 29 **une meurtrissure** une marque causée par un coup - 31 **l'application** *f* Sorgfalt - 32 **étaler** ausbreiten.

Didier Daeninckx

Rodéo d'or

JEUDI 22 heures

Sur la tribune dressée au milieu de la cité, le maire d'Epinay-la-Jolie et le représentant du préfet encadraient King Josper, le jeune sculpteur venu tout spécialement du Bronx pour travailler à la phase finale de la réhabilitation du quartier des Poètes. Les costumes sombres des officiels mettaient en valeur son uniforme d'artiste urbain, baskets montantes, jean troué, blouson tagué rehaussé d'étoiles argentées, écharpe palestinienne, casquette rouge à longue visière aux armes des Lakers. Les deux cents personnes rassemblées sur la place Jean-de-La-Fontaine (ex-place Tristan-Tzara) piétinaient au rhythme de *Out for ever* des Public Enemy que la sono municipale diffusait en sourdine. Une petite équipe de TV5 filmait la scène. La grande majorité des habitants avait préféré assister, depuis les fenêtres et les balcons des tours et des barres, à l'inauguration de « l'environnement sculptural lumineux » comme l'écrivait dans sa brochure mensuelle l'adjoint à la culture, réalisé par King Josper.

L'éclairage public du quartier s'éteignit à dix heures précises et la bande originale planante du *Grand Bleu* remplaça les diatribes des New-Yorkais. Le cercle hésitant d'un projecteur vint chercher le visage du maire avant de s'élargir pour mettre en valeur les trois vedettes de la soirée. Le premier magistrat d'Epinay-la-Jolie s'avança près du micro et prononça un discours convenu émaillé de tous les mots-réflexes : défavorisés, exclusion, intégration, volonté, vie meilleure, ensemble. Il passa la parole à l'envoyé du préfet sur les applaudissements mort-nés de la clique municipale, trois formules pour rendre hommage au ministère de la Ville, puis King Josper profita que ses mâchoires étaient occupées à mastiquer un chewing-gum pour saluer

1 **dresser** *ici:* installer - 2 **encadrer** umrahmen - 5 **urbain,e** qui concerne la ville - 6 **taguer** mit Graffiti versehen- **rehaussé,e** *ici:* décoré - 6 **une écharpe** Halstuch - 7 **les armes** *f, ici:* le logo - 9 **piétiner** auf der Stelle treten - 10 **la sono** *fam* Ton-Anlage - **en sourdine** doucement - 13 **une barre** *ici:* un immeuble très large - **une inauguration** Einweihung - 14 **mensuel,le** monatlich - 14 **un adjoint** *ici:* Dezernent - 17 **la bande** *ici:* la musique d'un film - **planant,e** *ici:* träumerisch - **une diatribe** une violente critique - 20 **un magistrat** *ici:* un haut fonctionnaire - 21 **convenu,e** conventionnel - **émaillé,e de** gespickt mit - 25 **un hommage** Würdigung - 26 **les mâchoires** *f* Kiefer - **mastiquer** kauen -

l'assistance et lancer vers elle trois phrases que personne ne se soucia de traduire. Le technicien coupa l'alimentation du projecteur, plongeant la cité des Poètes dans l'obscurité totale. Soudain la très intense lumière bleutée d'un laser prit naissance au milieu de chacune des petites pelouses plantées au pied de chacun des bâtiments. Les faisceaux, légèrement épanouis, venaient frapper les sculptures de tôle d'un mètre de hauteur disposées par King Josper à distance respectable des pignons aveugles que les peintres avaient recouverts de peinture blanche. Le laser projetait l'ombre démultipliée des silhouettes sur ces écrans gigantesques. King-Kong grimpait au flanc de la tour Joachim-du-Bellay (ex-tour Eluard), tandis que Superman semblait soulever la barre Paul-Déroulède (ex-barre Jean-Ristat) et que Zorro griffait la façade du centre d'animation culturelle Alphonse-de-Lamartine (ex-CAC Aragon). Le groupe de rap de l'Ecole de maçonnerie industrielle, salopettes orange, pompes de sécurité, casques de chantier, prit possession de la scène et installa en moins d'un quart d'heure les instruments marqués d'un logo scintillant composé des trois initiales mêlées de son nom : BTP. Les médias, les officiels, traduisaient « Bâtiment Travaux Publics », la meute qui suivait le groupe de concert en concert se chargeait d'écrire le sous-titre : « Baise Ton Père. » Les trois reporters de TV5 rangèrent leur matériel et filèrent sur Paris, par l'autoroute A86.

JEUDI 23 h 30

Le road-manager des BTP venait juste de fermer la porte arrière du camion. Il s'apprêtait à quitter la cité des Poètes, quand la première BMW noire, tous phares éteints, traversa la place Jean-de-La-Fontaine à pleine vitesse avant de partir en dérapage devant l'entrée du marché Victor-Hugo (ex-halle Francis-Combes). Le second véhicule évita de justesse la sculpture représentant Madonna dont la silhouette trembla au fronton de la résidence Paul-Bourget (ex-centre social Elsa-Triolet). La petite cinquantaine de jeunes qui ne se résolvait pas à quitter le lieu de l'inauguration s'était prudemment rangée derrière les arceaux de sécurité plantés sur les trottoirs. Les conducteurs, le

2 **l'alimentation** *f, ici:* Stromversorgung - 5 **un faisceau** *ici:* Lichtkegel - 6 **épanoui,e** *ici:* ouvert,e - **la tôle** Blech - 8 **un pignon** Giebel - 9 **démultiplié,e** *ici:* très agrandie - 10 **le flanc** le côté - 13 **griffer** kratzen - 14 **la maçonnerie** Maurerhandwerk - 15 **une salopette** Latzhose - **une pompe** *fam* une chaussure - 17 **scintillant,e** brillant - 26 **en dérapage** schleudernd - 29 **le fronton** Giebel - 30 **se résoudre à** se décider à (faire qc) - 32 **un arceau de sécurité** *ici:* Absperrgitter -

visage dissimulé derrière d'horribles masques en caoutchouc, placèrent les voitures côte à côte et firent rugir les moteurs. Des lumières se rallumèrent dans les étages. Les roues avant patinèrent sur l'asphalte tandis que de la fumée auréolait les pneus arrière. Il ne leur fallut qu'une poignée de secondes pour atteindre la courbe menant au groupe scolaire Alfred-de-Vigny (ex-école Jacques-Prévert) et virer devant la superette Félix-Potin (ex-boutique Comptoir Français). Les pare-chocs frottèrent l'un contre l'autre. Le contact des carrosseries déséquilibra la BMW qui se trouvait sur la droite, l'obligeant à grimper sur le trottoir. Le capot emporta deux barrières de protection dont l'une fit éclater le pare-brise. Le conducteur, contraint à l'abandon, quitta son siège. Son masque évoquait l'un des monstres d'une production Spielberg, *Les vers nous gouvernent*. Il fit le tour de la BMW, ouvrit le bouchon du réservoir, alluma un mouchoir à l'aide de son Zippo et enfourna le tissu enflammé dans l'essence. Il s'éloigna posément du véhicule qui explosa moins d'une minute plus tard. Les lueurs de l'incendie effacèrent le musée d'ombres de King Josper.

VENDREDI 0 h 30

Le journaliste de permanence de TV5 avait fini par se lasser du jeu vidéo « Dragon Sex » que Thierry Baudel, envoyé spécial de la chaîne en Thaïlande, lui avait fait parvenir par la valise diplomatique d'un conseiller culturel de l'ambassade auquel il rendait de menus services. Il rêvassait sur l'enculage du virtuel quand le téléphone le tira de son demi-sommeil.

– Oui. Ici Jean-Luc Godillard. Numéro vert de TV5, je vous écoute.

– C'est bien là où on gagne cinq cents francs si on donne une information exclusive ...

Le type téléphonait vraisemblablement d'une cabine car on distinguait des bruits de circulation, le sifflement du vent.

– Oui, vous êtes bien au 05 05 55 55. Pour décrocher la prime, il faut non seulement que ce soit exclusif mais en plus que ce soit intéressant ... Qu'est-ce que vous avez à nous proposer ?

1 **dissimuler** cacher - 3 **patiner** *ici:* tourner sur place - 4 **auréoler qc** entourer qc - 7 **une superette** un petit supermarché - 8 **un pare-chocs** Stoßstange - 11 **un pare-brise** Windschutzscheibe - 12 **contraint,e à** obligé de - **évoquer qc** faire penser à qc - 15 **Zippo** Feuerzeugmarke - 15 **enfourner** *ici* mettre (dans qc) - 17 **un incendie** un grand feu - 19 **se lasser** se fatiguer - 23 **rêvasser** vor sich hin träumen - **l'enculage** *m, pop* Verarschung - 25 **un numéro vert** gebührenfreie Telefonnummer - 30 **décrocher** *ici: fam* obtenir -

Le correspondant se racla la gorge et baissa la voix comme s'il avait peur d'être surpris.

– Voilà, il y a eu un rodéo dans la cité où j'habite et les gars ont fait brûler deux voitures de sport ...

Jean-Luc Godillard prit une fiche et nota l'heure d'appel.

– O.K. Ça c'est passé où et quand ?

– Les bagnoles brûlent encore. Ils ont commencé leur cirque juste après l'inauguration des sculptures au laser de l'Américain, cité des Poètes, à Epinay-la-Jolie ...

– Mais on avait une équipe sur place ... Le sujet est prévu pour le journal de demain midi. Vous ne les avez pas vus ?

– Si, bien sûr ... Le problème, c'est qu'ils sont partis juste avant le concert de BTP et que ça n'a dégénéré qu'après ...

Le journaliste prit le nom et l'adresse de son correspondant, lui assurant qu'il avait gagné les cinq cents francs et qu'il recevrait son chèque au cours de la semaine suivante. Il raccrocha et pianota le numéro de la salle de montage.

– Allô, Yvan ? Jean-Luc à l'appareil ... Dis, c'est bien toi qui étais à Epinay ?

– Oui, pourquoi ?

Il joua avec la fiche, la faisant glisser sur son bureau.

– Qu'est-ce que tu as ramené de renversant, à part le discours du maire ?

– Pas grand-chose ... Loïc m'a chiadé un paquet de cadrages sur leurs ombres chinoises géantes. On va surtout garder ces images pour demain. Tu veux venir voir ?

– J'ai pas le temps. Laisse tomber le sujet sur l'inauguration ; je viens de recevoir un appel vert en provenance de la cité des Poètes. Les voitures crament dans tous les sens. On aura l'air fin si les radios ciblent le rodéo et que TV5, « La Chaîne de l'Info, celle qu'il vous faut », se contente d'une minute trente en rubrique culture ... Tu as encore du monde avec toi ?

– Non, ils sont tous rentrés. C'est sérieux ton truc ?

– Plutôt ! Prends une caméra équipée d'un projo, deux cassettes et tout ce que tu trouves comme batteries chargées. On y retourne.

1 **se racler la gorge** sich räuspern - 10 **prévu,e** vorgesehen, geplant - 13 **dégénérer** devenir plus mauvais ou plus dangereux - 22 **renversant,e** *fam* extraordinaire, sensationnel - 24 **chiader qc** *fam* préparer qc avec soin - **un paquet de** beaucoup de - **un cadrage** Bildeinstellung - 29 **cramer** *fam* brûler - **avoir l'air fin** passer pour un idiot ou un incapable - 30 **cibler qc** *ici: se* concentrer sur qc - 34 **un projo** *fam* un projecteur - **chargé,e** *ici:* geladen -

VENDREDI 2 h 15

Jean-Luc Godillard et Yvan Chobral arrivèrent aux abords du groupe scolaire Alfred-de-Vigny juste à temps pour enregistrer le départ des voitures de pompiers. Ils interviewèrent le commissaire de police d'Epinay-la-Jolie sur fond de carcasses noircies, dégoulinantes d'eau et de mousse.

– Nous avons affaire à des bandes de casseurs professionnels dont les membres, pour l'essentiel, n'ont rien à voir avec les habitants de cette cité. Au tout début des travaux de réhabilitation, il y a deux ans, nous avons créé une équipe de foot mixte, policiers/jeunes. Grâce à ces contacts, nous connaissons, de manière permanente, la température du quartier ...

Le journaliste tira sur le fil de son micro relié à la caméra qu'Yvan portait sur l'épaule, pour placer la vitrine brisée du Félix Potin dans le cadrage.

– Vous pensez que les incidents sont terminés ou qu'il est possible qu'ils reprennent dans la nuit ?

– Mes hommes viennent de patrouiller dans la cité. Ils ont constaté que les éléments extérieurs qui ont profité de la venue de ce groupe de rap, et qui lui sont certainement liés, l'enquête le dira, ont quitté les lieux. Je crois que tout le monde va pouvoir aller se coucher et dormir tranquille.

Les deux reporters montèrent à l'avant de leur Nevada de service. Yvan ouvrit sa fenêtre pour effectuer un long travelling jusqu'à la frontière de la cité. Jean-Luc Godillard roulait au pas, évitant les bouches d'égout, les défauts du revêtement. Soudain le cameraman attira son attention.

– Pss, pss ... Vise un peu là-bas, dans le hall du petit bâtiment. On dirait qu'il y a du monde. On va voir.

Le conducteur ne répondit pas. Il se contenta de garer la Renault près d'un socle orphelin de sa statue. Les tags qui avaient envahi le cube gris faisaient paradoxalement ressortir les lettres du nom gravé dans la pierre : Vladimir MAÏAKOWSKI. Ils dépassèrent le local poubelles, contournèrent les boîtes aux lettres pour tomber sur un groupe

1 **aux abords de** près de - 4 **dégouliner** *fam* couler lentement - 5 **la mousse** Schaum - 6 **un casseur** Randalierer - 19 **une enquête** Untersuchung - 23 **un travelling** Kamerafahrt - 25 **une bouche d'égout** Kanaldeckel - **le revêtement** *ici:* l'asphalte - 27 **viser** *fam* regarder - 30 **orphelin de qc** auquel il manque qc (d'important) - **un tag** un graffiti - **envahir** *ici:* couvrir presque complètement - 32 **un local poubelles** un petit bâtiment dans lequel se trouvent les poubelles -

de cinq Blacks, Blancs, Beurs qui tiraient à tour de rôle sur la Marlboro communautaire. Jean-Luc pénétra dans le hall tandis qu'Yvan demeurait en retrait, le regard vissé sur la voiture dans laquelle il avait laissé sa caméra.

– Salut. On est de la télé ...

Ils poussèrent une sorte de grognement collectif. Jean-Luc sortit son paquet de clopes et offrit une tournée de Winston.

– Vous avez assisté à la course de bagnoles tout à l'heure ?

Michaël, un jeune Antillais au crâne allongé par une casquette bombée des Redskins, le toisa en rejetant un nuage de fumée.

– Qu'est-ce que ça peut te foutre ?

– Beaucoup de choses ... On a des images de la cité, de l'inauguration, des carcasses fumantes ... Si on peut se faire un peu de son en plus pour que les gens comprennent bien, on boucle notre sujet et on peut retourner au pieu.

Celui qui semblait diriger le groupe, Fred, un grand type blond efflanqué, les épaules à l'étroit dans un blouson élimé, s'avança.

– Tu veux qu'on fasse les ânes, pour avoir du son ... D'accord. Mais d'abord, dis-nous ce que tu en penses, toi, de ces courses de béhèmes ?

– Je ne sais pas trop ... Ça ne me dérange pas, à part pour les gamins qui se précipitent au premier rang. C'est dangereux.

Godillard fut pris à partie par Kaleb, un Kabyle au visage fin et nerveux.

– Espèce d'enfoiré ! C'est ta chaîne qui organise le Paris-Dakar et tu oses nous faire la morale ? Si tu as des remarques, va les faire aux types qui traversent les villages africains à 200 à l'heure. Ici, on n'a jamais blessé personne.

Le regard de Fred, le grand échalas, se posa sur le badge « Numéro Vert » que Jean-Luc Godillard avait oublié d'enlever.

– Tu veux qu'on te parle du rodéo de tout à l'heure. C'est du réchauffé. Je crois que je viens d'avoir une meilleure idée ...

Yvan Chobral avait fini par entrer dans le hall.

– Laquelle ? Si ce n'est pas indiscret ...

Le porte-parole du groupe posa son index sur la rondelle métallisée agrafée au revers de la veste de Jean-Luc.

1 **à tour de rôle** abwechselnd - 3 **demeurer** rester - **en retrait** en arrière - **vissé,e** fixé - 10 **bombé,e** *ici:* ronde - **toiser qn** regarder qn avec mépris - 11 **foutre** *pop* faire - 14 **boucler** *fam* terminer - 15 **un pieu** *fam* un lit - 17 **élimé,e** très usé,e - 19 **une béhème** *fam* une BMW - 22 **prendre qn à partie** s'attaquer à qn - 24 **Espèce d'enfoiré!** *pop* Blödmann! Arschloch! - 28 **un échalas** *ici:* une personne grande et maigre - **un badge** Button, Abzeichen - 31 **du réchauffé** kalter Kaffee - 35 **agrafé,e** *ici:* attaché -

– Si vous avez de la thune, on peut vous organiser une petite séance supplémentaire …

Le journaliste posa une question qui sonnait comme une réponse.

– Quand ?

Le blond au blouson étriqué se fendit d'un sourire.

– Un quart d'heure, le temps de trouver une caisse. Comme on est cinq, ça fera cinq mille balles.

Jean-Luc, soucieux des budgets de TV5, essaya sans succès de réduire la note à trois mille. Les deux reporters finirent par racler leurs fonds de poches pour faire l'appoint, et insistèrent pour qu'on s'en tienne au rodéo et que, contrairement à ce qui s'était déroulé plus tôt, les voitures ne soient pas brûlées. Michaël, qui avait filé au début de la négociation, réapparut au volant d'une Golf GTI rouge, suivi de Kaleb dans une Renault Cinq Turbo. Ils s'enveloppèrent la tête dans un foulard, ne laissant qu'une fente pour les yeux.

– Quand vous voulez.

Yvan Chobral avait escaladé le socle vide. Pendant cinq minutes il filma depuis son perchoir les évolutions des deux bolides à travers les rues de la cité. A trois heures les deux reporters euphoriques rentrèrent sur Paris.

VENDREDI 11 h 45

Les gargouillis de la cafetière électrique programmable réveillèrent Jean-Luc Godillard. Le montage de l'émission s'était prolongé jusqu'à cinq heures du matin et il avait besoin d'un bon litre d'arabica pour remettre la machine en route. Il se fit griller quelques tartines, les beurra puis se sentit assez rassuré pour s'ouvrir au monde. Son pouce fit pression sur la télécommande de la radio. Le flash venait de se terminer et il dut subir cinq minutes de sujets « people » de France Info, expos à ne pas louper, maladies à ne pas attraper, carnet du snob de service, avant d'entendre le jingle du journal. Le Vatican venait de reconnaître l'Ossétie du Sud et la république des Tchétchènes, ce qui entraînait une vigoureuse protestation commune des organisations indépendantistes d'Irlande du Nord, de Corse et du Pays basque. Un

5 **étriqué,e** trop étroit - **se fendre de qc** s. herablassen, etw. zu geben - 10 **l'appoint** *m* die passende Summe - 18 **un perchoir** *fam* un endroit élevé - **les évolutions** *ici* les mouvements - **un bolide** une voiture rapide - 21 **un gargouillis** Gurgeln - 23 **l'arabica** *m* une sorte de café - 26 **la pression** Druck - **un flash** une série d'informations très courtes (à la radio) - 27 **subir** über sich ergehen lassen - 28 **louper** *fam* rater - 29 **un jingle** Erkennungsmelodie - 30 **l'Ossétie** une république du Caucase - 31 **vigoureux, -euse** fort -

avocat, s'appuyant sur la législation qui protégeait le consommateur de la publicité mensongère, intentait une action en justice contre le président de la République pour non-tenue de promesses électorales. L'annonce du dernier papier le sortit d'un coup de sa torpeur : « Malaise des banlieues, un mort cette nuit à Epinay-la-Jolie. »

La fête organisée par la municipalité pour marquer la fin des travaux de réhabilitation de la cité des Poètes d'Epinay-la-Jolie s'est terminée tragiquement ce matin aux alentours de trois heures trente. Après un premier rodéo au cours duquel deux voitures volées avaient été incendiées, les policiers alertés par des habitants ont dressé un barrage à l'entrée du chantier de la Francilienne qui sert régulièrement de piste de vitesse aux jeunes de la région. Une Golf GTI a, selon les premières informations, foncé sur les policiers qui ont ouvert le feu. Le conducteur, un mineur prénommé Michaël, a été tué sur le coup.

Il s'habilla sans prendre le temps de se laver, appela un taxi pour ne pas perdre une seule minute à la recherche d'une place de stationnement et s'engouffra dans l'immeuble de TV5, oubliant même de réclamer la monnaie sur son billet de cent. Il récupéra la cassette du reportage tourné la nuit précédente malgré les récriminations du secrétaire de rédaction qui avait peur de bousculer le journal de la mi-journée. La salle de montage était libre. Il enclencha le boîtier dans un magnétoscope et fit défiler les images en accéléré. Il inversa les séquences afin de mettre les carcasses fumantes après le rodéo. Il ajusta ensuite le commentaire, laissant entendre que l'épave représentait la Golf GTI dans laquelle avait péri le jeune Michaël. Le sujet, titré « La mort, cité des Poètes », eut un retentissement considérable. Il fut acheté par une dizaine de télés étrangères et collectionna une impressionnante liste de distinctions dans les Festivals du Réel.

2 **mensonger, -ère** faux (→ un mensonge) - **intenter une action en justice** ein Gerichtsverfahren anstrengen - 3 **une promesse électorale** Wahlversprechen - 4 **la torpeur** *ici:* Trägheit - 5 **un malaise** *ici:* une crise - 10 **incendier qc** mettre le feu à qc (→ un incendie) - **alerter qn** appeler qn au secours - 11 **la Francilienne** nom d'une autoroute de la banlieue parisienne - 13 **foncer** rouler très vite - 18 **s'engouffrer dans qc** y entrer très vite - 20 **une récrimination** une protestation - 21 **bousculer** *ici* durcheinanderbringen - 22 **enclencher** mettre en marche - **le boîtier** *ici:* la cassette - 23 **défiler** passer les uns derrière les autres - **en accéléré** im Zeitraffer - 25 **une épave** Wrack - 26 **périr** *litt* mourir - 27 **un retentissement** *ici:* un succès - 29 **une distinction** une récompense -

UN SAMEDI, TROIS MOIS PLUS TARD. 21 h 45

Guy Lux traversa la scène du théâtre de l'Empire pour accueillir Paul Amar qui joggait sur l'allée centrale. Jack Lang s'assura que personne ne le regardait pour s'autoriser à bâiller. Il se fit la réflexion qu'il bâillait de plus en plus fréquemment lors de la cérémonie de remise des Sept d'Or, et qu'à chaque fois que les maxillaires le démangeaient, personne ne posait le moindre regard sur lui. Un doute l'effleura : et s'il en était toujours de même ? Il chassa cette pensée déprimante pour fixer son attention sur le déhanchement du présentateur de Soir 3 qui suivait Guy Lux jusqu'à un pupitre que seuls les décorateurs de la SFP pouvaient concevoir. C'était la plus harmonieuse synthèse possible entre le sas du vaisseau de *Star Treck* et un godemiché géant. Paul Amar prit place derrière le panneau décoré de deux Sept d'Or entrecroisés. Guy Lux crachota dans son micro en vérifier le bon fonctionnement. Il lut son papier, dans la plus parfaite indifférence.

– Les journalistes nominés pour le Sept d'Or du meilleur reportage d'investigation sont : Jean-Marie Cavada pour « Dans les coulisses de la 3 », Bernard Benjamin pour « Les oiseaux de la mer d'Aral », et Jean-Luc Godillard pour « La mort, cité des Poètes ».

Paul Amar déchira l'enveloppe en rougissant.

– Le vainqueur est ... Jean-Luc Godillard pour « La mort, cité des Poètes ».

Les invités applaudirent poliment tandis que les images du rodéo étaient projetées sur le mur écran. Le journaliste de TV5 grimpa à son tour le podium pour recevoir sa sculpture scintillante. Il remercia une douzaine de personnes, « sans lesquelles je ne serais pas devenu ce que je suis » et retourna écouter les battements de son cœur, lové dans son fauteuil-coquille.

1 **Guy Lux, Paul Amar** présentateurs de télévision - 2 **Jack Lang** ancien ministre de la Culture - 3 **bâiller** gähnen - 4 **la remise (d'un prix)** Verleihung - 5 **un maxillaire** Kiefer - **démanger** jucken - 6 **effleurer** toucher légèrement - 8 **le déhanchement** le fait de balancer les *hanches* (die Hüften) - 9 **un pupitre** (Steh)Pult - 10 **la SFP** Société Française de Production - **concevoir** entwerfen - 11 **un sas** Schleuse - **un vaisseau (spatial)** Raumschiff - **un godemiché** un pénis artificiel - 13 **crachoter** faire des petits bruits avec la bouche - 26 **lové,e** ici: confortablement installé - 27 **un fauteuil coquille** Schalensessel -

SAMEDI 23 h 30

Jean-Luc Godillard ne s'était pas éternisé devant les tables dressées dans les coulisses. Il avait fourré son Sept d'Or dans un sac plastique et salué les incontournables sans lesquels il ne resterait pas longtemps ce qu'il était devenu.

Il descendait l'avenue de Wagram à pied en direction de la place des Ternes quand il eut conscience d'une présence dans son dos. Il ralentit l'allure, prêt à se retourner mais les deux types s'étaient déjà portés à sa hauteur. Il sentit qu'on lui appliquait la pointe d'un couteau sur le flanc.

– Fais pas le con, marche comme si de rien n'était. Ta bagnole est garée où ?

Il donna un coup de menton en direction d'une XM grise.

– C'est la Citroën.

Kaleb prit les clefs dans la poche du journaliste qu'il obligea à monter à l'arrière. Fred, le blond interminable, s'installa au volant après avoir récupéré les papiers. A l'euphorie anesthésiante de la remise du Sept succédait la peur la plus viscérale, la plus primaire. Godillard se mit à trembler.

– Michaël, j'y suis pour rien ... On était partis depuis longtemps quand il a foncé sur les flics ...

Kaleb le titilla de la pointe du cran d'arrêt.

– Ta gueule, on t'a déjà assez entendu comme ça à la télé.

Le journaliste réprima les sanglots qui l'oppressaient. La voiture quitta le périphérique, bifurqua sur la A86, et le voyage se poursuivit dans un silence total. Ils franchirent les limites d'Epinay-la-Jolie un peu avant une heure du matin, le dimanche. Fred arrêta la XM devant l'entrée du cimetière Paul-Valéry (ex-cimetière Pierre-Gamarra). Au loin, les contours lumineux des statues projetées aux frontons des immeubles de la cité des Poètes se découpaient sur le ciel noir. Kaleb arracha le sac plastique des mains de Jean-Luc Godillard. Fred ouvrit la serrure de la grille du cimetière, à l'aide d'un passe. Ils durent traîner le journaliste qui hurlait, refusant d'avancer.

1 **s'éterniser** rester longtemps - 2 **fourrer** mettre (dans qc) - 3 **incontournable** qu'on ne peut pas éviter - 8 **se porter** *ici:* arriver - **à la hauteur** *ici:* à côté de - **appliquer** poser, mettre - **comme si de rien n'était** als ob nichts wäre - 15 **interminable** *ici:* très grand - 16 **récupérer (**re)prendre - 17 **succéder à** prendre la suite de - **viscéral,e** *ici* instinctif - 21 **titiller** reizen - **un (couteau à) cran d'arrêt** Springmesser - 23 **réprimer** retenir - **un sanglot** Schluchzen - **oppresser** bedrücken - 24 **bifurquer** changer de direction - 31 **une serrure** Schloß - **un passe(-partout)** Generalschlüssel - 32 **hurler** crier -

La cloche de l'église sonna quand ils arrivèrent devant la sépulture de Michaël. Kaleb plongea la main dans le sac et brandit le Sept d'Or devant les yeux de Godillard.

– Prends-le et pose-le sur sa tombe ... C'est à lui et à personne d'autre.

1 **une sépulture** un tombeau (Grab) - 2 **plonger la main** mettre la main dans le fond (de qc) - **brandir** schwenken, schwingen.

Textes complémentaires

1 L'insécurité demeure la préoccupation majeure

L'insécurité n'est pas le triste privilège de la banlieue parisienne ou des grandes villes. La « petite » délinquance semble gagner du terrain jusque dans les petites villes de province, comme par exemple à Manosque, en Haute-Provence.

Les réunions de quartiers – exercices de démocratie directe – accueillent en général une bonne trentaine de personnes, ainsi qu'on a pu le vérifier à plusieurs reprises. Jeudi soir à l'école des Combes, il en était de même et bien des riverains avaient même préparé un petit papier pour ne pas oublier ce qu'ils ont sur le cœur, notamment en ce qui concerne cette sempiternelle petite délinquance.

Une habitante des « Hauts de Manosque » prenait la parole pour indiquer qu'une villa y avait été entièrement pillée la semaine dernière, que les vols de voiture y étaient presque quotidiens et qu'une personne ayant réprimandé des gêneurs avait eu ses quatre pneus crevés le lendemain. « *Quant à moi, on a mis une manche de chemise imbibée d'essence dans ma boîte aux lettres et on y a mis le feu.* »

Un rang derrière, une habitante des « Coteaux d'or » installée depuis le mois de juillet à Manosque expliquait, elle aussi, son courroux : « *Ma villa a déjà été dévalisée. J'ai porté plainte ; on sait qui c'est. Mais la police ne veut pas se rendre dans ce quartier pour perquisitionner.* »

Dans ce quartier des Combes, personne ne pouvait oublier tous les problèmes du Parc de Drouille et des environs immédiats du Lycée Professionnel Martin Bret. « *C'est l'insécurité totale,* devait expliquer un riverain. *Il y a une bande de jeunes – toujours les mêmes, avec une voiture de sport – qui agressent ceux qui sortent entre 11 h 30 et 16 h. Ce jeudi, il y a encore eu des problèmes.* »

« *La peur doit changer de camp,* devait assurer Guy Coste, ancien commissaire, conseiller municipal chargé de la sécurité. *Car la sécurité n'est pas de gauche ou de droite. Elle est un droit pour tout le*

une préoccupation un souci - 3 **à plusieurs reprises** plusieurs fois - 4 **un riverain** Anwohner - 6 **sempiternel,le** qui se répète sans arrêt - 8 **piller (un endroit)** voler tout ce qui s' y trouve - 10 **réprimander** critiquer ouvertement - **un gêneur** qn qui dérange - 12 **imbibé,e** getränkt - 14 **le courroux** *litt* la grande colère - 15 **dévaliser** voler, piller - 16 **perquisitionner** faire une *perquisition (Hausdurchsuchung)* -

monde. Et à Manosque, nous avons une petite délinquance qui est trop élévée. En 1998, il y a eu – en France – 69 plaintes déposées dans les commissariats pour 1 000 habitants. A Manosque, la moyenne est de 98 plaintes déposées pour 1000 habitants. C'est pour cela que cette semaine, nous allons engager et sélectionner trois policiers municipaux parmi 25 candidats. » Il en restera 22 sur le carreau. Un chiffre symbolique pour une police bien démunie.

Jean-Pierre Tissier, *La Provence*, 23 janvier 1999 (texte abrégé).

2 Avoir 15 ans dans les quartiers difficiles

Près de 700 000 jeunes de 10-15 ans habitent aujourd'hui dans des quartiers en difficulté. Ces quartiers cumulent toute une série de handicaps : logements insalubres, absence de lieux culturels et de loisirs, familles désunies, échec scolaire, chômage élevé et violence urbaine. Les moins de 15 ans qui y vivent sont directement touchés. Ils rencontrent des problèmes dans leur vie de tous les jours.

Selon les travaux récents de sociologues, d'éducateurs et de médecins réunis par la Fondation Agir contre l'exclusion (FACE), ces adolescents sont souvent dans une situation familiale difficile.

Contrairement à une forte majorité des moins de 15 ans – plus de 70 % selon une enquête du Credoc (Centre de recherche pour l'étude et l'observation des conditions de vie) – qui estiment se sentir à l'aise dans leur famille, ceux des quartiers défavorisés éprouvent un profond désarroi. A l'origine : la mésentente des parents ou un divorce.

Autre point noir : l'école. Plus souvent que d'autres, ces jeunes sont en « échec scolaire » : mauvaises notes, cours séchés, redoublement, ou encore exclusion pour indiscipline. Le chômage vient souvent aggraver la situation. Il touche plus d'un adulte sur deux dans certaines cités. Il a des répercussions sur les jeunes, confrontés très tôt aux difficultés matérielles et au manque d'argent. Une forte proportion parmi eux fait des fugues, prend des tranquillisants, notent les experts de la FACE.

7 **rester sur le carreau** auf der Strecke bleiben - **démuni,e** assez pauvre.
10 **insalubre** *ici:* baufällig - 11 **urbain,e** qui concerne la ville - 21 **un désarroi** un désespoir, un grand trouble moral - 21 **la mésentente** ≠ l'harmonie - 23 **sécher un cours** *fam* ≠ assister à un cours - 26 **une répercussion** un conséquence (indirecte) - 28 **une fugue** Ausreißen von zu Hause - 28 **un tranquillisant** Beruhigungsmittel -

Toutes ces difficultés nourrissent un malaise profond. Livrés à eux-mêmes, sans perspectives d'avenir, certains adolescents peuvent être entraînés dans la délinquance. Si celle-ci a globalement diminué en France, elle a fortement augmenté chez les mineurs : + 16 % selon les chiffres du ministère de l'Intérieur.

Mais ces actes de violence ne sont jamais gratuits, observe une psychologue familiale. Ce sont bien souvent des appels au secours pour eux-mêmes et aussi pour leur famille.

Que faire ? Il n'existe pas de solution miracle. « *Le malaise de ces jeunes est lié à celui des banlieues et à la situation économique* », constate un sociologue. « *L'Etat, les municipalités, mais également les familles ont leur part de responsabilité dans cette situation.* »

Michel Heurteaux, *Les clés de l'actualité*, 15 février 1996.

3 Paroles de jeunes

A Dammarie-les-Lys, la cité de la Plaine du Lys fait figure d'épouvantail. En décembre dernier, à la suite de la mort très suspecte d'un jeune délinquant, la cité a explosé. Les jeunes, émeutiers ou non, marchent vers un avenir bouché, où la violence, sans être approuvée, est acceptée comme une carte du jeu.

Ils reçoivent dans leur local, une cave taguée, meublée d'une table et de deux canapés. Une fois la présentation faite par la mère d'un d'entre eux, ils restent quatre à parler. Ce qu'ils disent, protégés par l'anonymat, ils le disent sincèrement. Leur vision désespérée, à la fois amorale et fataliste, en dit long sur l'impasse dans laquelle ils se sentent.

« *La violence des RER, c'est pas notre problème. Paris, on y va de temps en temps, mais on n'a pas de quoi payer le ticket, alors y aller, c'est prendre un risque, et les contrôles, avec nous, ça se passe pas toujours bien. Je suis déjà allé au tribunal pour un simple ticket. Les chômeurs, ils ont une carte gratuite, mais nous, sans thune, on n'a rien.* »

1 **nourrir** *ici:* entretenir, favoriser - **un malaise** un sentiment pénible, une crise - 3 **entraîner qn** *ici:* pousser ou tirer qn - 6 **gratuit,e** *ici:* sans raison.
13 **faire figure de** être considéré comme - **un épouvantail** Schreckgespenst - 15 **un émeutier** qn qui participe à une *émeute* (Aufruhr) - 18 **taguer qc** mettre des *tags* (kleine Graffiti) sur qc - 20 **l'anonymat** *m* le fait de rester anonyme - 22 **une impasse** une rue sans issue - 23 le **RER** le réseau express régional (eine Art S-Bahn) -

A 18 ans, A. est le plus âgé : les autres ont de 15 à 17 ans. « *C'est nul de s'en prendre aux gens qui n'ont rien fait. Nous aussi, plus tard, si on prend le train pour aller bosser, on n'aimera pas se faire agresser, et la galère, on est comme eux, on sait ce que c'est. Mais en même temps on n'a pas le choix. Au bout d'un moment, il nous faut de l'argent. On a 16 ans, le lycée veut plus de nous, on n'a aucune ressource. Alors, y en a qui se laissent tenter. C'est l'occasion qui pousse : on est dans le train, y a une petite vieille avec son sac, pas un flic, pas un contrôleur, alors, voilà, on lui prend son sac. C'est pas bien, pas vrai. On sait qu'on tombe dans le cercle vicieux de l'argent facile, et que ça amène surtout des dégâts. Mais au bout d'un moment, y a plus de légal ou d'illégal.* »K., 15 ans, le coupe : « *Quand y en a un qui a commis une agression, il ne le dit pas. Mais si on le sait, personne ne lui en parle. C'est sa vie, son problème. On lui dira pas : "C'est pas bien", parce qu'il est dans la galère, et que ça, on connaît tous.* »

Ce sont surtout A. et K. qui parlent. Les deux autres, plus silencieux, se reconnaissent visiblement dans ce que disent leurs copains. « *S'il y a violence, de toute façon, c'est qu'il y a quelque chose, un mal-être. On se sent rejeté, comme tous les jeunes de banlieue. Quand l'autre* [Jospin NDLR], *il promet plus de répression, il aura plus de violence, c'est tout.* »

Aucune institution n'est épargnée. L'école ? « *On est des jeunes qui n'ont pas le droit à l'éducation,* accuse K., qui vient de la quitter. *Partout, les profs font du tri. Ça, on n'arrive pas à l'encaisser.* » Le centre de prévention ? « *J'y suis allé l'an dernier parce que j'avais besoin de bouquins scolaires pour l'année. On m'a dit :* "Oui, attends." *J'attends toujours. Alors, j'ai fait l'année sans bouquins* », reprend A., sans emploi après deux ans de BEP. Les éducateurs ? « *Ils veulent savoir ta vie, c'est tout.* » Le maire ? « *Lui, c'est carrément un Front national qui veut pas le dire.* » Le tribunal ? « *On juge pas des faits, on juge des jeunes de la Plaine du Lys. On prend le maximum à tous les coups. C'est dix mois pour un vol de radio.* » La presse ? « *Ils montrent jamais qu'un côté. On nous voit insulter les flics, pas les flics qui nous font des bras d'honneur.* »

2 **s'en prendre à** attaquer - 3 **bosser** *fam* travailler - 4 **la galère** *fam* une situation difficile - 7 **se laisser tenter** der Versuchung unterliegen - 10 **un cercle vicieux** Teufelskreis - 11 **des dégâts** *m ici:* des (gros) problèmes - 13 **y en a un** *fam* il y a qn - 21 **NDLR** note de la rédaction - 23 **épargner** *ici:* ≠ attaquer - 25 **faire du tri** sélectionner - **encaisser** *ici: fam* accepter - 29 **le BEP** Berufsschulabschluß - 33 **à tous les coups** à chaque fois - 35 **faire un bras d'honneur** den Stinkfinger zeigen -

Mais les seuls qu'ils haïssent vraiment sont les policiers. « *Eux, ce sont vraiment nos ennemis. On sait bien que parmi eux y a pas que des bâtards, mais maintenant c'est trop tard. Ils nous ont trop provoqués. Ils nous contrôlent tout le temps, sortent des fusils à pompe pour nous demander nos papiers. Pour n'importe quoi, on les a sur le dos. On n'a pas l'impression d'être des gens normaux avec eux. Dans le quartier, quand y a pas de flics, tout va bien. Quand ils sont là, c'est la merde. Leur présence, c'est normal. Pas leur provoc. C'est allé trop loin. C'est simple, ils nous niquent, on les nique.* »

De ces condamnations en bloc surgit la vision d'un avenir que, même à 15 ans, ils voient complètement bouché. K : « *La vie active, c'est le chômage. A 16 ans, on peut pas trouver de boulot.* » A. : « *L'avenir, je le vois même pas. On vit au jour le jour. Ceux qui sont chez leurs parents ont de la chance, mais pour tous, c'est le néant.* »

Leur univers se résume à la cité. « *A Dammarie aussi on n'est pas bien vus. La boîte* le Bal, *ils nous laissent pas entrer. Y a qu'un fast-food, qui est tenu par un ancien de la Plaine, qui nous accepte,* dit l'un d'eux. *Les grands frères, ceux qui sont insérés, on les compte sur les doigts de la main. Les jeunes, la plupart, ils écoutent plus leur discours, et s'ils l'écoutent, ils l'entendent pas. Les parents, c'est pareil. Y a du respect, c'est vrai, mais leurs discours, on n'y croit plus. Les gens de la cité, ça dépend. Y en a y nous calculent pas, on les calcule pas non plus. D'autres nous cherchent un peu, mais ça va. Cramer leurs voitures, c'est idiot. Ils y sont pour rien. On le fait dans le moment. C'est pas une solution, mais c'est comme ça que ça se passe.* »

Hubert Prolongeau, *Le Nouvel Observateur,* 15 octobre 1998 (texte abrégé).

1 **haïr** ≠ aimer - 3 **un bâtard** *ici: fam* un salaud - 4 **un fusil à pompe** une sorte de fusil à répétition - 9 **une provoc** *fam* une provocation - 9 **niquer qn** *pop, ici:* mépriser et détester qn - 15 **le néant** le vide (das Nichts) - 17 **une boîte** *ici: fam* une dicothèque - 19 **inséré,e** intégré - 23 **calculer qn** *fam* déranger qn - 24 **chercher qn** *fam* provoquer qn - 25 **cramer** *fam* brûler.

4 Poser des limites

Un entretien du magazine Les clés de l'actualité *avec Bertrand Vergely, philosophe et enseignant à l'Institut d'études politiques à Paris.*

– *Les clés : Comment analyser les explosions de violence qui se multiplient chez les jeunes ?*

– *Bertrand Vergely :* A la base, on peut parler du désespoir des sociétés contemporaines. On ne croit plus à rien. L'idéal qui remplace l'idéal politique ou l'idéal religieux, c'est la jouissance de la vie, la consommation. Ceux qui n'accèdent pas à un certain niveau social par l'argent, par le travail, se sentent terriblement frustrés. De cette frustration naît un climat d'agressivité. D'autant que les modèles qui dominent l'imaginaire contemporain, ce sont des gens riches, des acteurs, des top-models. On nous vend un monde de désir, pas un monde de raison. Quand on ne peut pas assouvir ses désirs, la violence s'exacerbe.

– *Pourquoi cette violence semble-t-elle s'exprimer de plus en plus tôt ?*

– Notre société ne sait plus assumer son autorité. On le voit à l'échelle des familles. Les parents ne s'imposent plus comme figure d'autorité. Ce rôle appartient de plus en plus aux grands frères. Or que représente justement le grand frère ? Celui qui s'émancipe des parents, et donc de l'autorité. Plus largement, la société ne sait plus dire qu'il existe des règles indiscutables, fondatrices. Il faut bien pourtant fixer des limites.

– *Dans ce domaine, pourquoi retombe-t-on toujours sur des politiques de répression ?*

– Parce qu'à un moment, la répression est nécessaire. Punir, c'est aussi considérer les gens comme des êtres sociaux. Si on laisse faire n'importe quoi, tout devient flou et fou. Evidemment, je ne parle pas d'une répression brutale. Poser des limites, c'est aussi fournir un cadre dans lequel évoluer, et donc un encadrement. On entre alors dans le domaine de la prévention. Il s'agit de « remplir » la vie des gens. Tout le problème est de savoir comment. Car en cas d'échec, c'est forcément la récidive.

Les clés de l'actualité, 28 janvier 1999.

5 **la jouissance de qc** le fait de profiter de qc - 6 **accéder à** arriver à - 8 **l'imaginaire** *m ici:* tout ce qui fait rêver - 11 **assouvir (un désir)** satisfaire complètement - **s'exacerber** devenir plus fort - 13 **assumer qc** accepter les conséquences de qc - 14 **l'échelle** *f, ici:* le niveau - 18 **fondateur, -trice** *ici:* de base - 24 **flou,e** ≠ clair - 26 **un encadrement** Betreuung - 28 **un échec** ≠ un succès - 29 **la récidive** Rückfall, Rückfälligkeit.

5 Un petit tour au Paradis

La scène se passe dans la cité HLM « Mon Paradis ». Une équipe de télévision vient faire un reportage sur la vie de la cité. La narratrice, Samia, treize ans, accepte de guider Sylvie, la journaliste, ainsi que ses deux caméramans.

On commence à faire le tour de la cité, on n'arrête pas de se pousser et de se donner des coups de coude pour être à côté de Sylvie. On n'arrête pas de rire, on ne sait pas pourquoi, et on est bien. Y en a un qui filme. Celui-là, on fait que passer devant sa caméra pour être sûres qu'on nous voit à la télé. Au fur et à mesure qu'on marche, les autres enfants de la cité arrivent. Il y a tellement de monde, surtout devant le monsieur de la caméra, qu'on arrive plus à marcher. Enfin, de toute façon, pour ce qu'il y a à voir, on aurait pu rester au même endroit en faisant croire qu'on bougeait. Tous les immeubles se ressemblent, ici. Heureusement qu'il y a des numéros pour faire la différence et reconnaître les entrées. Quoique les numéros, c'est pour ceux qui n'habitent pas là, ou pour le facteur par exemple, parce que nous, avec ou sans numéro, notre entrée, on la reconnaît toujours.

Après, on arrive au jardin du Paradis. Alors Sylvie me regarde avec ses grands yeux et me dit :

– Où il est le jardin ? Il n'y a ni arbres, ni fleurs, ni pelouses, ici ?

– Non, y en a plus, mais avant, il paraît qu'il y en avait. Moi, je ne sais pas, j'en ai jamais vu …

A ce moment-là, le gardien du Paradis écarte la foule de gamins et dit :

– Allez ! Allez ! Poussez-vous !

Et il fait un grand sourire à Sylvie. La pauvre, elle n'est pas habituée. Le gardien, monsieur Manzani, n'a plus que quatre dents juste au coin de la bouche et dès qu'il l'ouvre, c'est pour zozoter.

– Taisez-vous, les enfants : Z'esplique à madame Zylvie pourquoiz y a pas d'arbrez et de fleurs ! Voilà madame Zylvie ! Avant izi, y avait des fleurs, de l'herbe dez arbres mais yz arrêtaient pas de mourir. Alors ze suiz allé aux HLM et là, le directeur, y m'a dit : *Zé vous, y a rien qui pouze. La mairie, elle veut pluz envoyer les zardiniers !* Moi z'ai dit : *Z'est pas normal, monsieur le directeur ! Et les enfants y z'ont pas de jardin ?* Il m'a dit : *Monsieur Manzani ze vous*

16 **une pelouse** un terrain couvert d'herbe très courte - 19 **une foule** un très grand nombre de personnes - 23 **zozoter** lispeln -

promets, ze vais en parler à la mairie ! Ça fait bientôt dix ans qu'ils dizcutent maintenant ! Ils se moquent de nouz et des enfants !

On continue la visite. Sylvie veut maintenant filmer les grands qui sont toujours assis devant les immeubles. On l'accompagne. Sylvie leur explique qu'elle est de la télé et leur demande :

– Qu'est-ce que vous faites toute la journée devant les immeubles ?

Ils n'arrêtent pas de rire. C'est la première fois que je les vois faire les timides. C'est Farouk qui commence :

– Allez vas-y, Momo ! Explique ! Toi tu sais !

– Quoi, qu'est-ce que je sais, moi ? Vas-y toi !

Alors Sylvie leur dit :

– Allez les jeunes ! Racontez-moi ce que vous faites de vos journées.

Momo reprend la parole :

– Eh ben ! On discute, on parle de tout ... Des fois on se met dans le coin, là. Il montre du doigt le renfoncement de l'entrée de l'immeuble.

– Surtout quand il pleut on est là, ça nous protège, et on écoute de la musique. Des fois on danse aussi. On est tranquilles dans ce coin, personne vient nous emmerder ! Voilà, c'est tout ! Sylvie leur demande encore :

– Toute la journée vous restez là, comme ça, à écouter de la musique et à parler ?

– Oui, répond Momo, qu'est-ce que vous voulez faire ? Avant on avait un local juste en dessous, là près des caves. En fait, c'est deux grandes caves qui étaient à personne, on a cassé les murs, c'était super beau. Il était canon, notre local ! Mais y en a qui sont allés raconter qu'on se droguait, qu'on amenait des filles. Elles sont venues toutes seules, les meufs, on n'a pas eu besoin d'aller les chercher ! Ils ont raconté qu'on faisait des conneries et c'est à la police qu'ils sont allés se plaindre, ces faux culs. Les flics ont vite appelé les HLM, leur demandant de tout fermer. Le lendemain, ils ont tout muré. Pourtant on commençait à être bien, on n'emmerdait personne. Ils nous ont même pas laissé le temps de penser à faire des conneries, que déjà ils flippaient. Vous voyez pas qu'il n'y a que des fous ici ! Pas vrai, Farouk ?

– En plus c'est con, parce qu'avant, au moins, on était tranquilles dans notre coin. Ceux qui ont appelé les flics, ils y perdent, parce que

16 **un renfoncement** Vertiefung - 20 **emmerder qn** *pop* déranger qn - 27 **canon** *fam* magnifique - 29 **une meuf** *fam* une femme, une fille - 30 **une connerie** *fam* une bêtise - 31 **un faux-cul** *fam* „falscher Hund" - 35 **flipper** *fam, ici:* ausrasten - 36 **con,ne** *fam* bête, idiot -

maintenant, ils recommencent à gueuler par les fenêtres : soi-disant, on fait trop de bruit devant l'immeuble. Ils nous envoient même des seaux remplis de flotte ! C'est des enfoirés, ces mecs !

– Et le travail, leur demande Sylvie, vous ne travaillez pas ?

C'est Roméo, le frère de Maria, qui répond :

– Quel travail ? Y en a jamais du travail pour nous. A l'ANPE, ils arrêtent pas de nous faire faire des stages. Je les connais tous par cœur, moi, les stages, j'en ai fait dix au moins. Ils te racontent toujours les mêmes conneries. Il faut aller chercher son entreprise mais là, dès qu'ils voient nos gueules, ils disent qu'ils n'ont pas le temps de s'occuper de nous. Une semaine après, vous passez et vous voyez qu'ils ont pris un stagiaire qui a une bonne gueule. De toute façon, ces stages, c'est du pipeau, parce que du travail y en a pas. C'est pour faire croire que vous êtes plus au chômage, mais c'est pareil. Alors après, à l'ANPE, ils vous disent que l'entreprise Machin des travaux en bâtiment recherche des gens. Pourquoi j'irais faire le manœuvre, moi ? J'ai pas envie et mes copains non plus ! Hein, Momo, toi non plus tu veux pas faire le manœuvre ?

– Non, non ! J'ai déjà donné, et mon père, il donne toujours, alors ça va, hein !

– Oui, mais qu'est-ce que vous allez faire ? leur demande Sylvie.

– Pouf ! On sait pas, on verra bien. Pour l'instant, on attend !

– Mais vous attendez quoi ?

– On attend, c'est tout ! Peut-être qu'on va trouver un bon boulot ? On verra bien, voilà, c'est tout !

Sylvie n'insiste pas davantage, elle les remercie et leur dit au revoir.

Les garçons, eux, continuent de rigoler. Nous, les filles, on accompagne Sylvie dans sa tournée. Maintenant, elle veut filmer le supermarché et la voie ferrée avec nous devant.

On s'est bien amusées, ce jour-là. A la fin de la journée, quand on s'est quittées, j'ai donné mon numéro de téléphone à Sylvie pour qu'elle m'appelle et me dise quand on allait passer à la télé. On leur a tous dit au revoir et je me suis dépêchée de monter à la maison avec mes sœurs. Ce soir, c'est mon tour de mettre la table.

Depuis cette histoire de télé, je suis tout excitée. Tous les jours, je

1 **soi-disant** angeblich - 3 **un seau** Eimer - **la flotte** *fam* l'eau - **un enfoiré** *pop* Blödmann - **un mec** *fam* un homme - 6 **l'ANPE** l'agence nationale pour l'emploi (Arbeitsamt) - 10 **la gueule** *pop* le visage - 13 **c'est du pipeau** *fam* das ist nur Augenwischerei - 15 **l'entreprise Machin** die Firma XY - 16 **un manœuvre** un ouvrier sans qualification - 19 **j'ai déjà donné** *fam* es hat mich schon mal erwischt - 27 **rigoler** *fam* rire, s'amuser.

regarde le journal pour voir quand on va passer à la télévision. Mais il n'y a toujours rien, ça fait maintenant quinze jours que Sylvie est venue au Paradis. En plus, elle m'a même pas appelée, je comprends pas pourquoi.

Soraya Nini, *Ils disent que je suis une beurette*, Fixot, Paris 1993 (texte abrégé).

6 Stop la violence ! Le manifeste

Derrière la banlieue grise, il existe une autre banlieue, celle d'êtres humains qui n'acceptent plus de mourir, de mort lente ou brutale. Après la mort d'un jeune de 20 ans, tué en janvier 1999 parce qu'il voulait empêcher deux bandes rivales de se battre, des jeunes de Paris et de sa banlieue ont rédigé le manifeste suivant.

« Les jeunes en ont marre d'en prendre plein la gueule. Seul un mouvement de masse peut aujourd'hui renverser la mécanique de peur, de violence, de méfiance, de racisme et d'injustice.

Nous, jeunes d'Argenteuil, Sarcelles, Persan-Beaumont, Bouffémont, Paris 18e, 19e et 20e, appelons la jeunesse de France à se réunir dans chaque quartier, chaque collège, lycée ou fac, pour discuter, corriger, compléter, et diffuser notre Manifeste de la jeunesse contre la violence et l'injustice.

Que tous les parents sortent de chez eux et viennent écouter ce que les jeunes ont à dire. Qu'à ces réunions viennent les profs, mais aussi les juges, les policiers et les gendarmes, et les journalistes, pour qu'ils nous écoutent et nous parlent. »

1 Ça peut plus durer comme ça.

Il y a des crapules dans les quartiers, comme partout. Trop de violence. Agressions, bagarres, armes à feu, viols ... Les victimes, c'est toujours nous, mais quand les télés en parlent, c'est pour nous traiter en coupables. On ne nous écoute plus, on nous condamne. On veut pouvoir vivre en paix. Circuler sans avoir peur. Le droit d'étudier sans crainte. On n'a rien de tout ça. La première des injustices, c'est ça.

1 **en prendre plein la gueule** *pop* die Hucke voll kriegen - 3 **la méfiance** Misstrauen (≠ la confiance) - 6 **la fac** *fam* la faculté, l'université - 7 **diffuser** distribuer un peu partout (verbreiten) - 14 **une crapule** une personne malhonnête, un voyou - 15 **une bagarre** une lutte violente - 18 **circuler** se déplacer (→ la circulation) -

2 Respect ? On se parle sur un autre ton.

L'agression, ça peut commencer par un regard. Mais c'est surtout les mots. Certains s'amusent à provoquer et utilisent des mots qui poussent à la guerre. Il faut savoir se parler normalement, garder le contrôle. Certains disent : faut être respecté. Nous on dit : « Si tu veux le respect, commence par respecter les autres. »

3 Pas besoin de sa bande pour se parler.

Règle numéro un : si t'as un problème, tu viens me le dire. Dès qu'on se parle franchement, on commence à se connaître. Tout peut se résoudre en se parlant. Mais avec une bande, pas de dialogue possible. C'est le plus chaud qui gagne. Résultat : la guerre. Pour rien.

4 Rendre la justice, ça devrait être merveilleux !

Quand on était petit, on rêvait tous de devenir policier. Certains nous parlent normalement, ils savent nous serrer la main et dire bonjour quand on se croise. La plupart, dès qu'ils arrivent, ils nous prennent pour des ennemis. Nous, pour un bout de shit, on va au trou à 2 heures du matin ! En même temps, les armes circulent partout, et personne ne les saisit ! Et qui vend les revolvers ? Qui s'occupe de ceux qui vivent de ça ? Tout le monde a le droit d'être protégé. La police doit montrer l'exemple.

5 Pas de pouvoir aux crapules.

On est tous protégés par les copains du quartier. Et ça fait du bien de les savoir là. C'est la solidarité avant tout. Mais certains ont transformé leur bande en clan. Ils se prennent pour des guerriers. Ils font régner la terreur pour faire monter le bizness. Les clans, c'est la mort des quartiers.

6 Les mecs qui portent des armes ne sont pas des hommes.

Il y a toujours eu des bagarres dans les cours, les villages ou les cités. C'est pas terrible, mais ce n'est pas forcément dramatique. Sauf quand les keums se battent avec des armes. Il faut le dire : celui qui part de chez lui avec une lacrymo, un couteau ou un revolver, même s'il croit que c'est pour se protéger, il va automatiquement s'en servir dès qu'il aura un problème. Les armes, ça ne protège de rien, au contraire.

11 **chaud,e** *ici: fam* agressif - 16 **le shit** *pop* le hachich - **le trou** *fam* la prison - 24 **un clan** *ici:* kriminelle Clique - 25 **le bizness** *fam ici:* le trafic de drogue - 29 **pas terrible** *fam* mal, mauvais - 30 **un keum** *fam* un mec, un homme - 31 **une lacrymo** *fam* Sprühdose mit Tränengas -

7 Les mecs qui frappent les filles sont des impuissants.

Certains se disent caïds et sont pourtant incapables de parler normalement avec une fille. Il y a des agressions sexuelles dans de nombreux lycées et collèges. C'est incroyable d'avoir à expliquer qu'une fille n'est pas une salope parce qu'elle est fille.

8. Quand on casse, c'est toujours nous qui payons.

Qui peut respecter qui que ce soit quand les murs des lieux où l'on vit sont sans arrêt salopés, quand la moindre porte est cassée, quand tout ce qui est à nous est systématiquement déglingué ? Quand on casse quelque chose dans les quartiers, c'est toujours nous qui payons, jamais celui qui casse. Ça aussi, c'est injuste.

9 Il faut savoir contre quoi on se révolte.

Pas les uns contre les autres. Partout, il faut s'organiser, en association, en réseau, en comité de quartier. On a le droit de se regrouper, de se mobiliser contre toute forme d'abus de pouvoir. Etre révolté, c'est être lucide sur le monde injuste dans lequel on vit. Mais pour avoir une chance de gagner, il faut s'en prendre aux responsables, pas à nous !

10 Un échec ? C'est pas pour ça qu'on est victime.

Avoir des échecs, c'est normal. Rien n'est fatal, jamais. Marre d'entendre les mecs gueuler contre la société, le système, la vie, et ne rien faire pour bouger de là. Que les grands qui s'en sont sortis donnent l'exemple et montrent aux petits comment ça marche. Qu'ils aillent dans les écoles, les associations, les quartiers pour raconter. On peut rêver d'une BMW à 14 ans. Mais dire qu'on est victime si on n'en a pas, c'est n'avoir rien compris à la vie. La violence, la crapulerie, le racket et tout le reste, ça se termine toujours mal. Il n'y a pas de bandit heureux.

Initiative « *Stop la violence !* », Paris (texte légèrement abrégé - le texte complet a été publié, entre autres, dans *L'Evénement* du 4 mars 1999).

2 **un caïd** un chef de bande - 5 **une salope** *pop* Schlampe - 8 **saloper** *pop* salir - 9 **déglinguer** *fam* abîmer, détruire - 14 **une association** Verein - **un réseau** une organisation (Netz) - 15 **un abus** usage excessif et mauvais - 16 **être lucide** voir clair, être réaliste - 19 **un échec** ≠ une réussite - 20 **fatal,e** fixé par le destin (schicksalhaft) - 26 **la crapulerie** la malhonnêteté (→ une crapule).

Notices biographiques

Jean-Marie Gustave Le Clézio

Jean-Marie Gustave Le Clézio est né à Nice en 1940 d'une mère française et d'un père mauricien, médecin dans l'armée britannique. Parfaitement bilingue, il n'écrit cependant qu'en français et connaît le succès dès son premier roman (*Le procès verbal*, paru en 1963, lui vaut le prix Théophraste-Renaudot). Dans les années 70 et 80, Le Clézio publie une série de romans et de recueils de nouvelles qui traitent de ses thèmes favoris : la nostalgie de l'enfance, la dureté de l'univers urbain, le voyage et le rêve. Fasciné par les sociétés dites « primitives », Le Clézio voyage lui-même beaucoup (il a vécu un an au milieu des indiens du Panama). Il se définit d'ailleurs comme un nomade, toujours à la recherche du hasard et de nouvelles rencontres, spirituelles ou autres, et fuit « *tout ce qui tendrait à [le] rendre esclave d'une idée ou d'une pensée.* » Auteur peu « engagé » au sens étroit du terme, discret jusqu'à la timidité, Le Clézio jouit cependant en France d'une popularité qui en fait une sorte de mythe vivant de la littérature contemporaine. Son dernier roman, *Le hasard*, est paru en 1999.

Didier Daeninckx

Didier Daeninckx est né en 1949 à Saint-Denis, en banlieue parisienne, où il vit encore aujourd'hui. Après avoir travaillé comme imprimeur, puis comme animateur culturel et comme journaliste, il se met à écrire et rencontre assez rapidement le succès auprès du public et des critiques (Grand prix de la littérature policière pour *Meurtres pour mémoire* en 1983). Suivent alors plus d'une vingtaine de romans et de recueils de nouvelles, qui lui valent plusieurs autres prix littéraires (Prix du Roman noir pour *Le géant inachevé* en 1984, Prix Populiste pour *Le facteur fatal* en1992, Prix Louis-Guilloux pour *Zapping* en 1993). Les ouvrages de Daeninckx s'inscrivent dans la tradition du « roman noir », auquel il a apporté un nouveau souffle. Ce ne sont pas de simples récits policiers, mais la peinture, souvent ironique, d'un monde dur et violent où les bons ne triomphent que rarement. Daeninckx y mêle allègrement la réalité et la fiction et excelle dans les portraits de laissés-pour-compte, de gens en marge de la société (*En marge* est le titre d'un recueil de nouvelles paru en 1994) : Pour lui, le roman noir est avant tout « *un roman de la ville et des corps en souffrance* ».